KB115068

마음에 그날이 오면

마음에 그날이 오면

발행일 2019년 4월 10일

지은이 이 수 정
펴낸이 손 형 국
펴낸곳 (주)북랩
편집인 선일영 편집 오경진, 강대건, 최승헌, 최예은, 김경무
디자인 이현수, 김민하, 한수희, 김윤주, 허지혜 제작 박기성, 황동현, 구성우, 장홍석, 정성배
마케팅 김회란, 박진관, 조하라
출판등록 2004. 12. 1(제2012-000051호)
주소 서울시 금천구 가산디지털 1로 168, 우림라이온스밸리 B동 B113, 114호
홈페이지 www.book.co.kr
전화번호 (02)2026-5777 팩스 (02)2026-5747

ISBN 979-11-6299-597-6 03810 (종이책) 979-11-6299-598-3 05810 (전자책)

이 도서의 국립중앙도서관 출판예정도서목록(CIP)은 서지정보유통지원시스템 홈페이지(http://seoji.nl.go.kr)와 국가자료공동목록시스템(http://www.nl.go.kr/kolisnet)에서 이용하실 수 있습니다.
(CIP제어번호: CIP2019012743)

이수정 시집
마음에 그날이 오면
북랩 book Lab

차 례

말 걸기

1

아무도 당신이 외로워질 거라고 알려주지 않습니다.

2

나는 어디쯤 왔을까.

나는 얼마나 더 갈 수 있을까.

3

바람이 되어

나무가 되어

물이 되어

햇빛이 되어

그 어떤 곳이든

가고 싶은 곳으로

지금

나는 갑니다.

4

저는 아직도 지금인 것처럼

다 기억나는데요.

5

어른이 되면서 감정을 숨기는 것이

어른스러운 거라고 들은 적이 있어요.

하지만 어른이 되면서

감정에 솔직한 사람이 훨씬 매력 있는 건

왜 그런 걸까요.

6

아름다운 말은 뱉는 순간 힘이 생겨요.

우리 좋은 힘을 발휘해볼까요.

7

속 이야기를 할 수가 없어서

병이 나는 경우가 많아요.

다시 만날 일 없을 것 같은

처음 보는 사람에게 털어놔봐요.

말하는 것만으로도

엄청난 치유력을 가집니다.

8

제가 세상을 바꿀 수는 없어요.

하지만 영향을 줄 수는 있죠.

9

가슴이 답답하고 사는 게 서러울 때

한 번 울어야 속이 시원해질 것 같을 때는

어린아이처럼 목 놓아 펑펑 울어버리세요.

아무도 뭐라고 할 사람 없으니까요.

괜찮아요. 저도 가끔 그래요.

10

말하지 않아도 알고 있을 거라고요?

아니요. 말하지 않으면 몰라요.

그러니 꼭 해야 할 말은 하도록 해봐요.

11

예민하다는 생각 대신에

섬세하다고 생각해보세요.

나든. 그 사람이든.

12

함께

시간을 보내는 것은 대단한 일이에요.

시간을 내어준다는 것은

그 사람의 인생 일부를 주는 것이니까요.

가장 값진 선물인 셈이죠.

13

우리는 모두가 불완전해요.

그래서 서로를 보듬어줘야 하죠.

쉬운 일은 아니지만,

그렇다고 못 할 것도 없는 일이죠.

14

표현 방법이 다르다고 해서

진심이 아닌 건 아니잖아요.

그래도 정말 진심인 건

전해지더라구요.

15

의심하기 전에 물어보고

확신하기 전에 확인하세요.

16

기회는 찾아오지 않더라고요.

찾아 나서볼까요-?

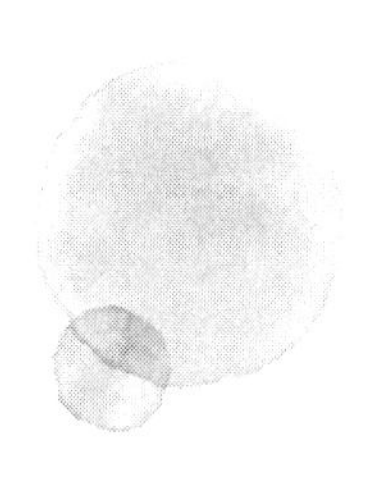

17

무기력한 사람도

오늘은 일어나서 좀 걸으세요.

걷기 참 좋은 날이에요.

18

궁금한 게 있다고 다 물어보지는 마세요.

상대방이 하고 싶은 이야기는

이미 거의 다 했을 테니까요.

19

아닌 줄 알면서도 하고,

괜스레 불안해하면서도 하고,

왜 다 알면서 그럴까요. 우리는.

20

좋다고 말하지 않았다고 해서

싫다고 표현한 건 아니에요.

싫다고 말하지 않았다고 해서

꼭 좋았다는 뜻도 아니에요.

21

보이지 않는 곳에서 노력한다 하여

노력하고 있지 않은 것은

아닌데 말이에요.

22

"그럴 수 있다!"

이렇게 생각해 볼까요 우리?!

23

평범하게 사는 게 정말로 힘든 일이에요.

평범하게 산다는 기준은 누가 정한 걸까요.

우리는 저마다 평범하지 않은데 말이죠.

타인

24

외롭다고 아무 친구나 사귀지 마세요.

그 친구의 인생이 고스란히

나의 삶에 스며든다는 걸 잊지 마세요.

25

사람들은 남 이야기하는 걸

참 좋아해요.

그만큼 관심도 없으면서 말이죠.

26

사람과의 관계는 늘 그렇듯

일방적일 수 없어요.

27

오래 알고 지냈다고 해서

잘 알고 있다고 말할 수 없죠.

저도 저랑 오래 지냈는데

아직도 제가 어떤 사람인지

잘 모르겠거든요.

28

나를 진정으로 사랑해주는 사람은

내가 꼭 무엇을 잘해서 사랑하는 게 아니에요.

성공하거나 실패하거나 상관없이

나를 사랑해주는 사람에게 진실된 사랑을

받아보세요.

그 믿음이 나를 자라나게 할 거예요.

29

진짜로 믿는 사람의 말 한마디가

얼마나 큰 영향을 끼치는지 몰라요.

30

노력하지 않는 사이라면

유지되기 힘든 사이에요.

31

내 마음 다치지 않게 매사에 노력하며 살면서

남의 마음 다치게 하는 말들은

수도 없이 하면서 사는 것 같아요.

미안해요.

32

계절이 바뀔 때마다

나무의 모양과 색과 향기가 변하듯

사람도 시간이 흐르면

갖가지 모양새를 가지게 되죠.

그러니까 그 사람을 늘

다 안다고 생각하지 말아요.

그 사람이 계속해서 변화하는 걸

지켜봐 주세요.

33

조금 늦게 오더라도

저한테 꾸준히 오고 있는 사람이 좋아요.

엄청 잘해주진 않아도

꾸준히 저를 응원해주는 사람이

더 크더라고요.

34

잘못한 사람이

되레 화를 낼 때가 있지요.

그래요.

그런 사람도 있더라구요.

35

유난히 공격적인 말투로 표현하는 사람은

대부분 본인이 상대에 대한 두려움이 커서예요.

상대방의 긴장을 먼저 풀어주세요.

한층 부드러워집니다.

36

늦었더라도,

미안한 마음을 가지고 있다면

꼭 사과하세요.

37

진짜 친구들은 나에게

오는 시간과 거리를

재지 않아요.

38

이제 그만 다름을 인정해볼까요.

그 어떤 사람도 나일 수 없고,

저 또한 당신일 수 없으니까요.

39

상대의 마음이 헷갈릴 때는

상대가 하는 '말' 말고,

'행동'을 보면

더 빨리 알 수 있는 것 같아요.

40

내 앞에서

남을 욕하는 사람은

다른 사람 앞에서

내 욕도 반드시 합니다.

최대한 멀리하도록 하세요.

41

사람과의 관계를

그렇게 꽉 붙들어 매지 말고

그냥 흘러가게 놔두세요.

42

그 사람을 예쁘고 깨끗한 곳으로

흐르게 하세요.

우리가 할 수 있는 것은 그것뿐이에요.

43

나쁘게 한 사람에게

굳이 복수하지 않아도 돼요.

내가 하지 않아도 어디선가 다른 무엇으로

훨씬 더 크게 벌 받아요.

확실해요.

44

지금 너무 좋은 관계보다

관계가 틀어졌을 때

노력하는 사이가 더 좋은 것 같아요.

생각보다 노력하는 사이는 많지 않더라구요.

45

우리의 관계를 의식하게 되는 그 순간들을

상대방도 충분히 느낄 수 있어요.

불안한 그 순간에 '우린 함께야'라는 표현을

해주는 사람이 진짜 자기 사람이 아닌가 싶어요.

그 불안까지도 안아주는 거거든요.

46

사람과 사람 사이에는 적당한 거리가 필요해요.

음악에도 쉼표가 있듯이,

관계에도 여백이 있어야

더 매력적인 법이거든요.

47

그 사람이 보여주고 싶은 모습만 보면서

상대를 평가하지 않도록 주의하면

좋을 것 같아요.

48

상대방에게서 '내가 무엇을 받을 수 있을까'라는 생각은

내가 상대방에게 '무엇을 줄 수 있을까'라는 생각

위에 오를 수 없습니다.

나는 상대에게 어떤 생각을 취하고 있는지

가만히 생각해보는 하루 되세요.

49

오래 알았다고 해서 분명 깊게 알고 있는 것은

아니에요.

모든 인간관계에도 꽃이 활짝 피는 시기가 있어요.

그 시기에 꽃의 향기를 맡지 못한다면

그 찰나의 순간은 후회해봤자

다시 돌아오지 않아요.

50

다 자기가 잘해준 것만 생각해요.

그래서 입장이 서로 다른 거예요.

내가 잘못한 것만 생각하면 서로 편할 텐데요.

51

진짜로 믿는 사람의 말 한마디가

얼마나 큰 영향을 끼치는지 몰라요.

52

우리는 누군가와의 관계 속에서

행복해하기도, 불행해 하기도 하죠.

늘 행복할 수 없기에 조심해야 하고,

늘 불행하진 않기에 행복함이 배가 되죠.

53

겨울은 추워서

더워도 무조건 여름이 좋듯이

그냥 무조건 좋고 싫은 것이 있지요.

때로는 사람도 그래요.

무조건 싫고, 무조건 좋은 사람도 있어요.

54

저도 저 싫다는 사람 싫어요.

저를 예쁘게 봐줄 사람이

얼마나 많은데요.

55

너무 머리 써야 하는 관계는

좋은 사이가 아닐 가능성이 커요.

놔버리세요. 스트레스 받지 말구요.

56

지금 바로 눈앞의 내 모습만 가지고

나를 판단하는 사람들과 친구라고 말하지 마요.

친구는 내가 성장하는 과정 속의 모습을

함께 기다리고, 나를 기대해주는 사람이니까.

친구도 뭣도 아닌 그런 관계에

상처받지 말고, 과감하게 버리세요.

57

그런 존재가 있죠.

어떤 색을 가지게 돼도,

어떤 온도를 품고 있어도,

어떤 변화를 겪고 있더라도,

아름답고 예뻐 보이는 사람이 있죠.

본질 자체가 빛나는

그런 굳건한 사람.

당신도 나도 그런 사람이 되면 좋겠어요.

너에게

58

가끔은 흐린 당신도 예뻐요.

59

어떻게 해야 할지 모를 때는 솔직해지세요.

꾸밈없이 솔직하게 말하세요.

마음 가면을 그만 벗으세요.

그리고 가벼워지세요.

생각보다 쉬워요.

60

상대방이 잘해준 것만 생각하면

우리가 이렇게

복잡할 필요가 없을 거예요.

61

오늘도 저는 당신을

응원해요.

62

상황은…

어떻게 보느냐에 따라

달라져요.

63

지난날 다 잊어버리고

우리 그만 화해할까요.

64

사실은 진짜 마음이 무엇이냐고

스스로 묻지 않아도 돼요.

알고 있거든요.

스스로의 마음이 어떤지.

65

다가올 미래에 대해서

미리 두려워했던 적이 있었죠.

모두에게 처음인 그 길이

완벽하지 않아도 괜찮아요.

조금 실수해도 괜찮아요.

두려워하는 대신 최선을 다해보세요.

66

아주 작은 게 늘 큰일을 망치죠.

큰일을 앞두고 세세한 일에 신경 쓰지 마세요.

멀리 보고 여유를 가져보세요.

67

언젠가

꼭

알아줄 날이 올 거예요.

그러니

이제 그만 아파하세요.

68

다 채우려고 하지 않아도 돼요.

비어있는 그대로도 좋아요.

저는 당신을 평가하지 않을게요.

약속할게요.

70

우리는 후회하며

너무 좋은 시간들을 그냥 지나쳐오고 있어요.

내가 어떻게 할 수 없는 상황이라 해도

후회 대신 다른 걸 찾아보세요.

더 좋은 것이 분명히 기다리고 있어요.

71

아무것도 변하지 않는다 하여

아무것도 하지 않을 겁니까.

72

내가 건강해야 내 인생을 책임질 수 있어요.

자신의 건강을 위해

조금 더 노력하는 시간을 가져 봐요.

73

하지 말아야 할 말까지 하지 마세요.

듣지 말아야 될 말까지

듣게 되는 사람이 생기니까요.

74

대화에는 쉼표가 필요해요.

듣는 사람도 쉬면서 생각할

시간이 필요하거든요.

너무 빨리

그리고 많이

이야기하지 마시길…

75

제가 당신처럼 살았다면

저도 그랬을지 몰라요.

괜찮습니다. 잘했어요.

76

튀지 않는 당신도

소중하답니다.

77

혼자 있는 시간에 무얼 하며 사느냐에 따라

인생의 모습이 달라진다고 해도 과언이 아니에요.

이 비밀을 알고 있는 사람들은

혼자 있는 그 순간을 헛되이 보내지 않죠.

많은 사람을 만날 준비를 하세요.

78

무엇인가 시작하기 전부터 마음이 괴롭다면

진짜 그 일을 원하는지 마음부터 들여다보세요.

하는 일도, 사랑도 말이에요.

웬만한 열정으로는 갖기 힘든 세상이에요.

한 번쯤은 전부를 던져보세요.

79

날짜가 지난 우유가 있으면

싱크대에 쏟아서 빨리 버리세요.

먹을까 말까, 먹어도 괜찮을까

그만 망설이고요.

80

누군가 당신에게 함부로 대했다고 해서

당신의 가치가 떨어지는 것은 아니니까

속상해하지 마세요.

오늘도 역시 좋은 하루입니다.

81

용서는 쉽게 할 수 있는 게

아니에요.

그러니까 생각처럼 용서되지 않는다고

너무 괴로워 마세요.

82

감당할 수 있을 만큼만

감당하면 됩니다.

내가 마음에 드는 이유를 찾아보세요.

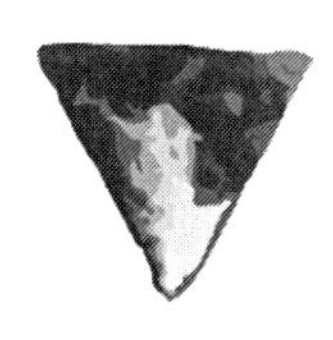

84

이생에 태어나서

이 세상에 아무런 도움이 되지 못하는 것만큼

슬픈 일이 또 있을까요.

나눠주세요.

자신이 가진 걸 이 세상과 나누세요.

85

성숙하게 행동하는

당신이 가는 그 길을

제가 진심으로 응원할 거예요.

86

사람이 하는 일에는 예기치 못한 일들도 일어나요.

최선을 다해보세요.

사람이 하는 일은 불가능을 가능하게 만들 수 있죠.

할 수 있는 한 최선을 다 해보세요.

좋은 결말이 나는 걸 많이 봤거든요.

87

나에 대해서 사색할 시간을 가지세요.

내가 누구인지,

내가 나라는 사람을 잊어버리지 않았는지,

나 자신에 대해 더 찾고 더 많이 본인을 느끼세요.

88

스스로 더 칭찬해주세요.

그래야 본인이 더 잘할 수 있어요.

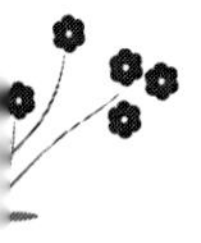

89

일희일비하지 마세요.

무엇보다도

내 몸이 가장 힘들어요.

90

마음을 크게 쓰세요.

사소한 일에 일일이 대응하지 마시고,

더 큰 세상 사람처럼

마음을 크게 가지세요.

91

그런 날 있잖아요. 다 용서할 수 있을 것 같은 날.

산뜻한 기분이 드는 날.

그런 날 마음속에 담아두었던 미운 사람

그냥 쿨하게 다 용서해버리세요.

그리고 강해져 버리세요.

92

아름다운 노을이 지면

반짝이는 별이 뜹니다.

아쉬워하지 말고 기대해보세요.

앞으로의 일들을.

93

당신이 주인공인 시간이

분명히 마련되어 있어요.

더 빛나는 주인공이 되려면

지금을 열심히 사세요.

94

상처는 쉽게 치유되지 않습니다.

피할 수 있는 상처는 피하세요.

하지만 상처를 통해서 성숙해지는 길도 있습니다.

그러니 너무 상심하지 마세요.

95

하나도 안 웃긴데 왜 웃어요.

슬프면 그냥 울어요.

소리 내서 엉엉 울면 더 좋구요.

96

너무 아쉬워 마세요. 너무 미련 갖지 마세요.

다시 돌아가도 똑같이 그랬을 기예요.

그때는 그게 최선이었잖아요.

괜찮습니다. 괜찮아요.

97

의심보다 무서운 것은 없습니다.

속으로 끙끙 의심하지 말고 그냥 툭 하고

물어보세요. 대부분 별일 아닐 거예요.

98

생각이 드는 대로 다 말하지 마세요.

다 궁금하진 않거든요.

99

자신을 몰아세우지 마세요.

안 그래도 비바람이 몰아치는데 힘껏

절벽 끝까지 밀지 마세요.

스스로 처절해지지 마세요.

자신을 사랑해야 합니다.

힘든 일이 찾아오면

스스로에게는 우산이 되어주세요.

100

애써 노력하지 않아도 돼.

너는, 너로 충분해.

삶

101

한번 사는 인생인데 너무 망설이지 마세요.

102

지나간 시간이 아깝기만 한 건

어쩌면

나답게 해보지도 못하고 다른 사람의 말을

따라가서인지도 몰라요.

103

조화롭게 살아야 하는데

시간이 지나면 지날수록

점점 제 색이 더 강해짐을 느껴요.

104

우리가 오랜 시간 늘 고민하던 것은

"난 무엇을 원하는가?"이었습니다.

105

조금 더 성숙하게

조금 더 세련되게

처신하고 싶었는데 잘 안돼요.

106

우리는 늘 선택의 기로에 있어요.

어떤 상황에

어떤 선택을 하느냐는

오롯이 내가 하는 것이죠.

변명할 수 없어요.

107

자신이 있어야 할 자리에 있어야

빛이 나고 윤기가 흐르는 것 같아요.

되도록 환영받는 자리에 가세요.

그리고 마음 편히 웃으세요.

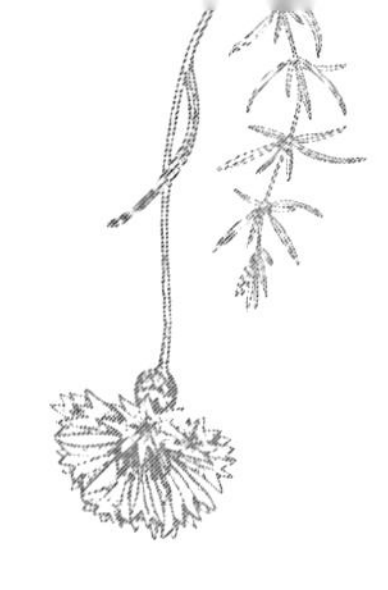

108

상대방의 삶을 인정해주는 말을 하세요.

되도록이면 많이.

109

엄마

미안해요.

110

강한 의지가 필요해요.

누구에게 지는 것도

어떤 상황에서 이기려는 것도

아닌

본인 스스로 중심을

잃지 않기 위해서요.

부모로부터, 직장으로부터, 돈으로부터,

연인으로부터, 친구로부터, 자신의 편견으로부터,

세상의 가질 수 있는 그 모든 것으로부터

분리되는 연습을 하세요.

그리고 자신이 서 있어야 할 곳에

서 있는 연습을 하세요.

그래야 진짜 어른이 될 수 있어요.

112

모든 것이

제자리를 찾아 돌아갈 거예요.

힘을 내요, 우리.

113

삶에는 '틈'이 있어야 해요.

114

'순리대로 사는 게 좋은 거다.'

어떤 게 순리일까요.

마음이 이렇게 힘든데도

순리라고 말할 수 있는 걸까요.

115

출근하는 길에 습관처럼 안 좋은 생각들이 올라와요.

그래서 한 걸음 한 걸음 걸을 때마다

생각해봐요.

나는 앞이 보이고, 귀가 들리고, 향기를 맡을 수 있다.

햇빛이 나를 비추고, 나는 그걸 느낄 수 있다.

나는 건강하게 두 다리로 걸을 수 있다.

내가 가진 하나하나가 다 행복한 일이다.

이렇게 생각하다 보면 습관처럼 좋은 생각들이 올라와요.

오늘도 좋은 하루입니다.

116

우리가 모두 행복할 수는 없어도

불행한 사람이

조금이라도 줄어들길 바라요.

117

인내하며 하루하루 일상을

묵묵히 살아내는 것은

실로 대단한 일이에요.

그렇게 못하는 사람도 많거든요.

118

모든 게 끝난 것 같지만

꿈만 놓지 않는다면

아직 끝나지 않았어요.

일도. 사랑도.

119

가짜 말고

진짜를

원해요.

120

힘차게 페달을 밟으세요.

당신이 가는 이 길은 온전히

당신 것입니다.

121

불행은 늘 예기치 않게 오죠.

누구도 불행을

기다리진 않으니까요.

122

처음처럼 사세요.

상처받았다고

마음속에 자신을 가두지 말고

더 처음처럼 사세요.

123

언젠가는

마주하게 될 거예요.

계속해서 꿈을 꾼다면요.

124

아무 사고 없이 멀쩡하게 깨어있다는 게

얼마나 감사한 일입니까.

감사합니다. 감사합니다.

매일을 감사하는 마음으로 살아보세요.

감사하지 않은 일이 없습니다.

125

기대하지 않았던 곳에서도, 힘들고 어려웠던 자리에서도,

보상이라도 받듯이 해가 쨍하고 뜰 때가 있답니다!

126

오늘 하루를 기대해보세요.

기대하지 않는 하루보다

훨씬 생동감 있을 거예요.

127

혼자 똑바로 서세요.

어리광 그만 부리고 오롯이 혼자의 힘으로,

본인의 두 발로 꿋꿋이 서세요.

128

나이가 들면서 사람들 사이에 섞여야 한다는 생각에

싫어하는 것도 싫지 않은 척,

너무 좋아하는 것도 적당히 좋은 척,

자꾸 그런 척하니까 내가 사라지는 것 같아요.

129

하루아침에 쉽게 변하는 건 없어요.

마음을 단단히 먹고 정말이지

최선을 다해 노력해야 변할 수 있어요.

여기서 아주 희망적인 건

변할 수 있다는 거예요.

130

인생은 조금씩 실수도 하면서

또 그렇게 조금씩 남의 실수도

감싸주는 일.

131

편해지는 길이 있더라도,

우리는 항상 성숙해지는 길을

선택해야 합니다.

욕심

132

내가 살아있다는 걸 증명하려는 욕심은

언제쯤 끝이 날까요.

133

부끄러웠습니다.

이렇게 배불리 먹고도

또 욕심낼 것이 있다는 게.

134

본인이 좋다고 해서

남도 꼭 좋은 건 아니에요.

상대에게 물어봐 주세요.

좋은 의미로 한 일들이

어떨 땐 강요가 될 때도 있더라고요.

135

주변 사람들을 시기하고 질투하는 대신

성공과 행복을 빌어주세요.

특히나 가까운 사람일수록 말이죠.

136

나 혼자 손해 안 보려고 하다가는

나만 손해 봐요.

그렇지 않았나요?

137

아쉽더라도.

더 욕심나더라도,

적당히 하고 멈출 때를 알아야 하죠.

138

왜 계속 기쁘고 행복하려고 하는 걸까요.

그냥 무심하게 시간이 흘러가도 상관없는 건데

왜 계속 뭔가를 이루려는

집착에 스스로 힘들어하는 걸까요.

139

내 것이 아닌 것에 욕심내지 마세요.

스스로 알고 있잖아요.

그게 내 것인지 아닌지.

서로 가질 게 없으면 싸움이 없죠.

서로 더 갖겠다고 자꾸 싸우면

다 잃게 되더라구요.

싸우지 말라구요.

141

너무 많은 걸 바라지 마세요.

탈 나 요.

142

누구를 진심으로 이해하려 하지도

누구의 상처를 내 마음보다 더 크게 감싸 안지도

서운해 하면서 더 먼저 다가가지도

손을 뻗어 가까이 닿지도

양보하고 한 발짝 뒤로 물러나지도

꼼짝도 안 하고 있으면서

왜 나는 다 이해받고

다 감싸주길 바라고

먼저 다가오길 바라고

당신이 다 먼저 해주길 바라는 걸까요.

우리는 둘 다 불완전한 존재인데 말이죠.

당신과 나는 둘 다 처음인데 말이죠.

143

내 욕심을 조금 내려놓고,

모두가 행복해지는 길을 선택하세요.

깨달음

144

만남과 헤어짐의 과정은

내가 어떤 사람을 원하는지 알기 위함이 아니라

단지 내가 어떤 사람인지

알아가는 과정이다.

145

대답이 없는 것도 대답이고,

선택하지 않는 것도 선택입니다.

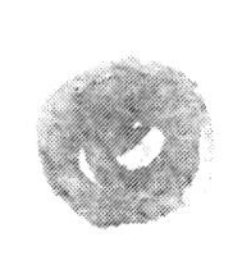

146

자신의 가치를 올리기 위한 노력은

누구의 평가를 받기 위함이 아니에요.

147

사람은 고유의 색을 가지고 있습니다.

그래서 어울리는 색의 사람들이 따로

있기 마련이죠.

148

나는 내가 생각하는

그런 사람이

아니었습니다.

149

원래 그래요.

상황이 바뀌면

모든 게 변하죠.

150

세상에

당연한 건

아무것도

없습니다.

151

모든 아픔에는

끝이 있습니다.

152

아무리 시간이 지나도

괜찮아지지 않는 일들도 있어요.

153

남들이 정해놓은 「행복한 상황」에서도

나는 너무 힘이 들 때가 있지요.

행복함을 정하는 주체는 내가 되어야 해요.

그래야 정말 행복해져요.

154

좋은 쪽으로 생각하는 버릇을 만들어보세요.

좋게 생각하면 대부분 좋게 보입니다.

155

세상 어떤 일에도

대가는 반드시

따라옵니다.

156

상대를 시험해보지 마세요.

대부분 반대로 본인이 위기에 빠지는 경우가 많아요.

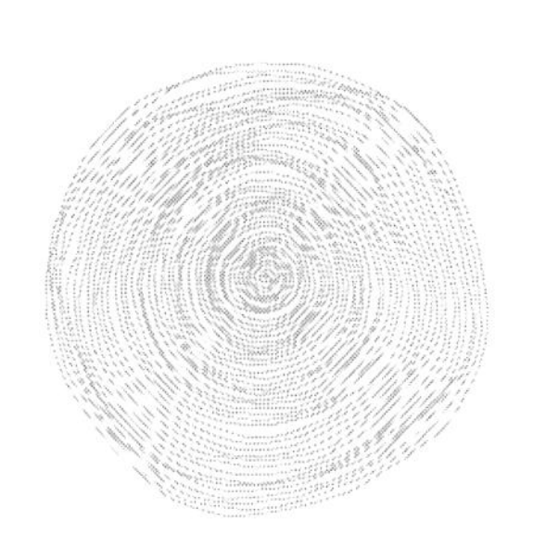

157

최선을 다 해봐야 후회가 없어요.

나중에 후회하는 건 결과가 아니라

그때 내가 최선을 다해보지 못한 '아쉬움'이더라구요.

158

이쁘게 말하고

이쁘게 행동해야

이쁨받습니다.

159

싸우고 또 싸워야 할 존재는

타인이 아니라

매 순간, 매번, 매일 치고 올라오는

나의 ego(자아)입니다.

160

어떤 잘난 사람도 사연 없는 사람이 없고,

완벽해 보이는 사람도 100점짜리 인생을

살고 있지는 않아요. 한 사람의 생이 너무

거만해질까 봐 시련과 부족함을 주어서

겸손해지게 만들거든요. 내가 원하지 않는

시련이 닥치면 나를 겸손하게 만들려고

그러는구나 하고 생각하세요.

마음에 훨씬 힘이 생겨요.

161

당신은 특별한 사람이에요.

하지만 이 세상은 특별한 사람들로 이루어져 있는 곳이죠.

그래서 누가 누구에 비해 '더' 잘났고, '더' 특별하고가 아니라

모두가 하나하나의 특별한 삶을 살고 있어요.

그러니까 다른 사람하고 비교할 필요도 없고,

다른 사람에 비해 자만할 필요도 없어요.

162

nevertheless!

'그럼에도 불구하고!'는

강한 믿음이 생기게 하죠.

163

나와 가장 잘 지내야 하는 사람은

바로 나 자신이에요.

164

누구도 다음을 약속할 수 없죠.

그냥 그 순간에

최선을 다하는 거죠.

165

지금 앞에 있는

이 사람한테 남의 욕을 하면

이 사람을 잃게 됩니다.

명심하세요.

166

원래 내 것은

하나도 없었어요.

잠시 저에게 머물렀다가 갈 뿐이죠.

빌려서 사용하는 것이니

감사한 마음을 가져야 해요.

167

약간의 거리를 두는 게

환상을 깨지 않는 지혜랍니다.

168

어떠한 아픔에도

끝은 있기 마련입니다.

169

넘치게 나쁠 것도,

넘치게 좋을 것도 없어요.

차분하게 생각하세요.

170

잘못했으면

잘못했다고

말해야 합니다.

되도록이면 빨리요.

그리고 적극적으로요.

171

다시는 흔들리지 않을 만큼

방황하세요.

그래야 정말 안 흔들리거든요.

172

말로 한 것은 꼭 지키도록 해보세요.

말과 행동이 같아야

신뢰가 생기거든요.

173

아무리 반복돼도

어떤 이별에도

익숙해지지 않더라구요.

익숙해진 척할 뿐이죠.

174

진짜 마음을

확인할 극적인 순간들이 찾아오니

조급해하지 마세요.

상대의 마음을 알게 될 순간,

그리고 내 마음도 알게 될 순간이

반드시 옵니다.

175

아는 만큼만 보이게 되어 있어요.

식견을 넓혀보세요.

보이지 않던 세상이 보일 거예요.

176

우리는 결과에 상관없이

최선을 다하는 것만으로도

그 의미를 찾을 수 있습니다.

177

절대적인 것은 없죠.

변하지 않는 것도 없습니다.

오랜 시간 동안 당연하게 느껴졌던 어떤 것이

더이상 똑같지 않을 때

그동안 참 감사했다. 하고

툭 떠나세요.

변하지 않는 건 없으니까.

178

오랜 시간 머물러있던 환상을 깨트리는 방법은

의외로 아주 쉽습니다.

상상하지 않고,

멈춰있지 않고.

마주하기만 하면 됩니다.

뭐든 억지로 하려고 하면

반드시 탈이 나기 마련이에요.

180

특별하게 노력해야

특별한 대접을 받는 건

너무 당연한 이치입니다.

181

당연하게 생각하는 일이 당연하게 흘러가는 건

정말 큰 복이에요.

세상을 살다 보면 당연한 일이 당연하게

흘러가지 않을 때가 많거든요.

182

확신이 있는 사람은

변화하는 모든 것을

그대로 놔둡니다.

183

마무리가 중요해요.

잘하다가도 끝이 안 좋으면 인상이 안 좋게 남거든요.

그래서 시작도 중요하지만

끝을 잘 맺어야 해요.

조금만 타이밍을 놓쳐도

다

잃는 수가 있지요.

185

최선을 다해도 어쩔 수 없는 일이 있죠,

그럴 때는 받아들이는 수밖에 다른 방법이 없어요.

186

행운을 바라기보다

이미 들어온 복을 잘 지키는 것이

더 현명해요.

187

'너의 그 착한 배려가

너를 만만하게 보게 하는 거야.'

라구요??

아니요.

배려하는 사람은 당신이 생각하는 것보다

훨씬 더 강해요.

만만한 사람이 아니에요.

188

규칙적으로 운동하세요.

마음이 아프면 몸도 아플 때가 많지요.

그래서 마음이 아플 때

몸을 건강하게 하면 마음도 건강해지더라구요.

신기하게도요.

189

좋은 방향으로

마무리 지으세요.

그게 건강해지는 법이에요.

사랑

190

너는

나의

봄이야.

191

당신은 충분히 사랑받을 가치가 있어요.

반드시 그런 가치를 알아주는 사람을

만나게 될 거예요.

192

보지 않는다고 해서

보고 싶지 않은 것은 아니다.

연락을 안 한다고 해서

연락하고 싶지 않은 것은 아니다.

이야기하지 않는다고 해서

이야기 나누고 싶지 않은 것은 아니다.

193

도와주고 사랑하세요. 머리 굴리지 말고,

노력하세요.

약속한 것에 최선을 다하세요.

194

어떤 경우에도

어떠한 상황에도

그 사람을 믿을 수 있다는 것.

믿어줄 수 있다는 것.

사랑이란.

195

옆으로, 아래로, 위로

어떤 모습이든지

어떤 방향이든

상관없어요.

어차피 당신은 그대로니까요.

196

잊지 말고

계속해서

스스로를

사랑해주세요.

197

봄에는 기분 좋은 사람만 만나도

괜찮아요.

왜냐하면, 봄이니까요.

봄에 만나는 사람은

모두 기분이 좋아요.

왜냐하면, 봄이니까요.

198

어떤 날

내 행복은 당신에게 있지 않아요.

또 다른 어떤 날

내 행복은 당신에게 있어요.

199

왕따 시키지 마세요.

따돌리지 마세요.

편 가르지 마세요.

사실은 당신도 사랑받고 싶잖아요.

200

나를 있는 그대로 봐주니까

나도 있는 그대로 행동하게 돼.

201

'진심'이 담긴 따뜻한 말 한마디는

상처를 받은 사람에게

큰 위로가 될 수 있습니다.

202

오늘도 고맙습니다.

저와 함께 해줘서요.

203

표현할 수 있을 때 충분히

표현하세요.

표현할 수 있는 기회가

갑자기 없어지기도 하니까요.

204

오늘 하루도 사랑받고 있음에

감사해요.

205

아니요. 틀렸어요.

당신의 생각보다

나는 당신을 더 좋아해요.

206

아무것도 바라지 않는 진짜 사랑이 있을까요…?

그건 그냥 내가 마음먹기로 하는 것 같아요.

나에게 다시 돌아올 사랑을 기다리지 않고,

훨씬 더 큰마음으로

주는 그런 사랑을 해보세요.

207

우리는 사랑받고 있어,

하늘의 수많은 별과 나무, 꽃들, 따뜻한 햇볕, 행복의 내음

그리고 너와 나.
이 모든 것을 둘러싼 공기가 나를 안아주고 있어.

외로워하지 마.
이제 그만 슬퍼하자. 너와 나는 사랑받고 있어.